# EXAMEN
## IMPARTIAL
### DU
## *SIÉGE DE CALAIS,*

Poëme dramatique de M. DE BELLOY.

. . . . . *Civis erat qui libera poſſet*
*Verba animi proferre &* . . . . . . . JUV.

# A CALAIS.

M. DCC. LXV.

## AVIS DE L'AUTEUR.

Cet Examen eſt l'ouvrage de deux jours; on vouloit faiſir l'à-propos , & le faire paroître à-peu-près en même tems que le SIÉGE DE CALAIS : des circonſtances imprévues en ont retardé l'impreſſion juſqu'à ce jour.

# EXAMEN IMPARTIAL

## D U

# SIÉGE DE CALAIS,

Poème dramatique de M. DE BELLOY.

*Vicit amor patriæ, laudumque immenfa cupido.* En. L. 6.

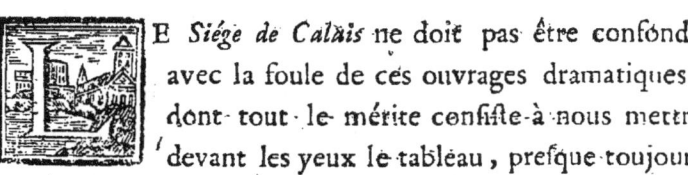E *Siége de Calais* ne doit pas être confondu avec la foule de ces ouvrages dramatiques, dont tout le mérite confifte à nous mettre devant les yeux le tableau, prefque toujours exagéré, des vices & des vertus d'une claffe d'hommes qu'on appelle *grands*, qu'on tranfporte ordinairement de la Chine, de la Perfe, ou du fond de l'Amérique fur notre fcène, & qu'on nous veut donner pour modèles de conduite, mais que nous ne nous propofons pas d'imiter, parce que nous favons bien que nous ne fommes ni Chinois, ni Perfans, ni Mexicains, encore moins grands Seigneurs.

Apprendre aux Maîtres des humains combien l'humanité doit leur être chere, & les faire reffouvenir qu'ils font hommes; éclairer fa nation fur fes vrais intérêts; lui apprendre à s'eftimer, à s'apprécier, à ne pas défefpérer de fes forces; peindre l'amour de la patrie avec les couleurs les plus énergiques & les plus éclatantes; le rappeller dans l'ame de fes concitoyens; retracer à leur fouvenir les belles actions qu'ils ont faites, pour leur montrer qu'ils peuvent les faire encore; louer les Rois qui les ont gouvernés fagement, pour réveiller dans leurs cœurs les fentimens de refpect & de reconnoiffance qu'ils doivent à ces hommes illuftres & généreux, qui ont bien voulu fe charger du foin pénible de faire leur bonheur, & qui ont réfifté au penchant trop naturel à tous les hommes d'abufer de leur autorité: tel eft le but louable & digne d'une ame véritablement grande & généreufe, que M. de Belloy s'eft propofé, & qu'il a atteint avec le fuccès le plus heureux & le plus éclatant.

D'autres Auteurs ont peut-être rendu à l'humanité en général des fervices plus importans; mais peu d'Auteurs François, excepté l'Auteur de la Henriade, ont mieux mérité de leur patrie que M. de Belloy: auffi a-t-il eu la fatisfaction de voir fes veilles & fes travaux honorés des bontés & des éloges du Maître généreux qui gouverne la France.

Le Roi avoit fait frapper une médaille d'or, qu'il deftinoit à l'Auteur qui fe diftingueroit dans le genre drama-

tique ; elle a été décernée avec juſtice à M. de Belloy ;
& cette récompenſe, honorable autant que méritée, a été
accompagnée d'une gratification de mille écus. Parmi les
honneurs & les triomphes que cet ouvrage a mérités à
l'Auteur, il n'en faut pas oublier un, le plus ſignalé,
à mon avis (*), c'eſt celui que le Roi lui a accordé, en
ordonnant que ſa piece ſeroit jouée *gratis* devant le peuple. Cette claſſe d'hommes, trop occupée du ſoin de
pourvoir à ſes beſoins, pour s'occuper de Littérature &
de Spectacles, parloit cependant du ſiége de Calais. Le
peuple avoit oui dire que cette piece faiſoit l'éloge de ſes
Rois ; il courut pour le ratifier, avec la même vivacité,
le même empreſſemeur qu'il fait paroître lorſqu'il faut
donner ſa vie pour eux : il applaudit avec enthouſiaſme,
quand on lui parla de ſes maîtres, & ne dédaigna pas
de ſe rendre juſtice quand on parla de lui. L'Auteur ne
fut pas oublié ; à peine les Acteurs avoient prononcé

---

(*) J'apprens en ce moment que la ville de Calais a reçu M.
de Belloy au nombre de ſes Bourgeois. Cette marque honorable
vaut bien, je crois, une récompenſe en argent ! Quoi ! toujours
de l'argent ? N'aura-t-on jamais que ce vil métal à donner aux
grands hommes pour récompenſe de leur mérite ? Une ſtatue, un
monument élevé à la gloire d'un homme qui a bien mérité de la
patrie, avec l'utilité de flatter, d'encourager davantage, auroit encore celle d'épargner à l'Etat une dépenſe qui lui ſeroit utile pour
un autre objet. L'honneur ſeul peut être le prix de l'honneur ;
& il n'y a que la main d'un Monarque qui puiſſe ôter à une
ſomme d'argent ce qu'elle a de deshonorant aux yeux d'une ame
capable des grandes choſes.

les dernieres paroles de la piece, qu'une multitude de voix, qui sembloient n'en faire qu'une, s'éleva de concert, pour demander qu'on fît paroître l'Auteur; je n'entendis pas sans rire, plusieurs de mes voisins qui, ne connoissant pas sans doute ce grand mot d'*auteur*, demandoient de tout leur cœur & de toute leur voix *celui qui a fait la piece*. M. de Belloy parut, & dut goûter en cet instant le sentiment le plus délicieux qu'il eût éprouvé de sa vie; je veux dire, le plaisir de s'entendre louer par cette partie de la nation dont les suffrages sont d'autant plus satisfaisans & plus flatteurs, qu'ils sont désintéressés, & dictés par le sentiment seul.

M. de Voltaire avoit insinué qu'on pouvoit mettre sur la Scène Françoise des sujets puisés dans l'Histoire de France. M. de Belloy a rempli les vues de M. de Voltaire avec le plus grand succès. Il a ouvert une nouvelle carriere, dans laquelle il s'est montré avec tant d'éclat, qu'il sera difficile, & même dangereux de l'y suivre. Il seroit cependant à souhaiter que nos jeunes Auteurs dramatiques eussent le courage d'entrer en lice, au risque d'échouer : en ce cas, ils auroient toujours le mérite de l'entreprise. Je ne vois pas d'école plus utile pour un peuple, que celle où l'on mettroit chaque jour devant ses yeux les belles actions & les vertus des héros de sa nation. Ces leçons réitérées souvent, s'inculqueroient dans la mémoire; les vrais patriotes s'affermiroient dans leurs sentimens; les cosmopolites, ces êtres qui ne tiennent qu'à eux, honteux de se voir isolés, voudroient enfin tenir à la patrie, & s'uniroient à leurs compatriotes, pour l'aimer & pour la défendre. L'exemple qu'on proposeroit feroit d'autant plus frappant, & paroîtroit plus facile à fuivre, qu'il feroit plus près de nous, & qu'il fe feroit, pour ainfi dire, paffé fous nos yeux. On fe diroit : Pourquoi ne ferois-je pas ce qu'un tel a fait ; il étoit François, je le fuis comme lui. Que feroit-ce, fi le héros de la piece avoit des defcendans ? Combien fon exemple pourroit fur eux ! Ils auroient bien dégénéré, ou ils fe propoferoient de lui reffembler. Qu'on affiege Calais aujourd'hui, par exemple, on ne doit pas craindre que les habitans fe rendent fans combattre ; je réponds d'eux ; ils ont l'exemple d'Euftache, & des cinq autres héros qui l'ont imité. Quelle manie ont eu jufqu'ici les Auteurs François, d'aller chercher des grands hommes dans l'ancienne Italie, en Grece, au bout de l'univers, & de les propofer pour modèles à leurs compatriotes ? N'eft-ce pas leur faire injure ? ne veut-on pas leur faire croire que leur nation n'a jamais produit & ne fauroit produire rien de femblable à ces hommes illuftres ? Le bon, le généreux, le grand Henri IV ne vaut-il pas les Aurele, les Titus & les Trajan, &c. &c. Un autre abus non moins ridicule, & cependant établi par l'ufage, c'eft de ne faire paroître fur notre Scène que des Empereurs, des Rois, des Princes, ou des Comtes tout au moins. De quelle utilité peut être pour le commun des hommes l'exemple de ces demi-dieux de la terre ? On n'a ni la vanité, ni le courage de vouloir leur reffem-

bler. M. de Belloy a encore le mérite de s'être affranchi
de ce préjugé ridicule ; il a ofé mettre fur la Scène de
fimples Bourgeois ; c'eft-à-dire , des hommes de cet
ordre qui forme la plus grande partie d'une nation & du
genre humain. Il a compris qu'un homme vertueux ,
pour intéreffer fes femblables , n'avoit pas befoin d'être
revêtu des titres faftueux de Monarque, d'Empereur, &
de Maître de la Terre. Il a obfervé encore , que la
vertu devoit avoir fur les hommes un empire d'autant
plus fûr , que celui dans lequel on la leur montreroit ,
feroit plus près d'eux. C'eft ainfi que nous fommes faits ;
il ne fuffit pas de nous peindre la vertu dans tout fon éclat ,
il faut encore nous faire toucher , pour ainfi dire , au
doigt , qu'il ne nous eft pas impoffible de la prati-
quer.

Mais tous ces avantages réunis dans l'ouvrage de
M. de Belloy , en font-ils ce qu'on appelle une Tragédie *felon les regles* ? C'eft ce qu'il n'eft pas , j'ofe le dire ,
permis à un François d'examiner ; & j'avouerai que j'au-
rois de la peine à accorder toute mon eftime à un homme
né dans le fein de la France , qui n'auroit pas en faveur
de cette piece , une forte de prévention qui lui en feroit
pallier ou déguifer les défauts. Quel eft donc celui qui
fe chargera de l'emploi de rappeller les regles de l'art , &
d'empêcher que l'autorité de M. de Belloy , jointe à fes
fuccès éclatans , n'en impofe aux jeunes gens qui n'auroient peut-être pas les talens de racheter comme lui quelques légers défauts , par des beautés réelles ? Quel fera cet

homme? Un étranger, qui penfera affez bien de fa nation, pour rendre à fes voifins la juftice qu'ils méritent;
qui aura affez de bonne-foi pour ne dire que la vérité, &
qui croira avoir d'affez juftes raifons de s'eftimer, pour
ne vouloir pas ôter à M. de Belloy ce qu'il a d'eftima-
ble. La premiere de ces conditions fe trouve remplie en
moi; je n'oublierai rien pour remplir de mon mieux les
deux autres.

On m'a fait obferver que le *Siége de Calais* étant
devenu, pour ainfi dire, une affaire d'Etat, il feroit
dangereux d'en ofer dire autre chofe que du bien.
J'ai répondu qu'il n'étoit pas queftion de favoir fi M. de
Belloy a bien ou mal loué les François, fi les éloges qu'il
leur donne font mérités, ou non; mais qu'il s'agiffoit
fimplement d'une difcuffion de littérature. Je vais donc
examiner fans crainte & fans autre égard que celui que je
dois à la vérité, le plan, la conduite & le ftyle du
*Siége de Calais.*

Je fuppofe qu'en me lifant, on a la piece devant les
yeux; & j'avertis qu'on ne peut me lire fans cette pré-
caution. Je fuis bien aife que le Lecteur entende les deux
parties, afin qu'il foit en garde contre les faux jugemens,
que, non la malignité, mais l'ignorance pourroit me faire
porter.

# ACTE PREMIER.

Depuis un an, Edouard tient la ville de Calais affié-
gée. La difette, la faim, & les autres fléaux de la guerre,
en ont prefque fait un défert en détruifant la plupart de
fes habitans ; cependant, ceux qui reftent ont encore
eu le courage de faire une fortie ; & c'eft ici que la piece
commence. Il faut efpérer que ces généreux habitans
n'auront fait qu'une tentative inutile pour fauver leur patrie & leur liberté ; car fi malheureufement ils reviennent
vainqueurs, après avoir chaffé les Anglois, nous n'au-
rons pas le plaifir de voir achever la piece.

*Spectatum admissi, rifum teneatis amici ?*

Cependant, ne vous allarmez pas ; l'Auteur fait bien
que les Calaifiens doivent être repouffés ; fiez-vous-en
à fa prévoyance : d'ailleurs, il eft homme de parole ;
il nous a promis une piece en cinq actes, il nous la don-
nera. Pourfuivons.

Le Maire de Calais fe plaint de ce que le Gouverneur
de la ville eft allé combattre fans lui ; il voudroit partager
l'honneur de défendre la patrie, & dans cette impatience
généreufe, il s'écrie :

O patrie ! .... ô, tourment pour un vrai citoyen !
Je vois ton fang verfé, fans y mêler le mien !

Ce dernier vers eft beau ; mais, eft-ce le fang de la

patrie, ou le fang du tourment que Saint‑Pierre voit verfé? Cela n'eft pas bien clair. Les deux exclamations laiffent dans l'expreffion une équivoque qui me déplaît. *Amblétufe* confeille au Maire de Calais de modérer fa douleur ; il lui parle de fon fils qui s'eft diftingué pendant le fiége, & il ajoute ; quel bonheur pour lui, fi dans ce jour,

> Il obtenoit ce prix le plus flatteur *peut-être*,
> Le plus cher aux François, l'eftime de fon maître.

L'eftime du maître des François eft donc *peut-être* pour eux le prix le plus flatteur? Cela n'eft donc pas bien décidé? Le Maire n'ofe accepter un augure fi favorable.

> Quoi! vous défefpérez du fort de ce combat!

lui dit Amblétufe ;

> J'efpere tout, Ami, des deftins de l'Etat,

lui répond Saint-Pierre.

> Malheur aux nations qui cédant aux orages
> Laiffent par les revers avilir leurs courages ;
> N'ofent braver le fort qui *vient* les opprimer ;
> Et, pour dernier affront, ceffent de s'eftimer.

Rien de plus vrai que cette penfée ; rien de plus fimple, de plus naturel que les vers qui l'expriment. Point d'inverfion, point de grands mots, & cependant ce font des vers fonores, harmonieux, de très-beaux vers. C'eft qu'ils ont le mérite de la fimplicité ; mérite peu connu depuis Racine.

Le Maire parle du fecours que Valois amene, mais il doute qu'il puiffe être introduit. ( Et moi je fouhaite qu'il ne le foit pas, parce que je m'intéreffe à ce que la pièce s'acheve. ) Il entend gronder les foudres mugiffantes, un moment après le bruit eft fufpendu, & le filence lui fait craindre pour le fuccès. Amblétufe le confirme dans fa crainte.

SAINT-PIERRE.

S'il eft vrai, je friffonne.... Ah ! mon fils n'eft donc plus ;
Il eft mort, & mes pleurs....

ne le reffufciteront pas. Voilà l'unique fens que j'ai pu ajoûter à cette phrafe commencée.

Que fais-je ? ô mon pays !
Quand je t'aurai fauvé, je pleurerai mon fils.

La penfée eft belle, elle caractérife un cœur patriote.

Amour de la patrie.....
Que mes pleurs paternels foient féchés par tes feux.
C'eft mon pays, mon Roi, la France qui m'appelle,
Et non le fang d'un fils qui dut mourir pour elle.

Corneille ne faifoit pas mieux parler les Horaces.

Aliénor qui pendant le combat étoit montée fur les murailles pour en voir le fuccès, arrive. Elle apprend que les Anglois font vainqueurs, & que fon pere eft prifonnier. Le Maire demande en tremblant des nouvelles de fon fils, Aliénor lui dit qu'il refpire, mais qu'il a reçu une bleffure.

SAINT-PIERRE.

Il refpire ! & fon fang a coulé pour la France !....
Double faveur des Cieux qui fe répand fur moi !
J'ai donc un fils encore à donner à mon Roi !

En admirant ce dernier vers, on blâmera l'expreſſion, *dont ble faveur qui ſe répand.*

Cependant Aliénor craint que le vainqueur irrité, ne faſſe mourir ſon père : le Maire la raſſure, en lui diſant que le jeune Harcourt, favori d'Edouard, & qui lui fut deſtiné pour époux, ſçaura le fléchir ; rien n'eſt plus beau, à mon avis, que les dix vers ſuivans que dit Aliénor ; ils ſont attendriſſans, la verſification en eſt douce & facile ; les mots ſe préſentent naturellement pour exprimer la pen-ſée. Tout y eſt à ſa place. Il n'en eſt pas de même des ſix qui les ſuivent ; ils peuvent être beaux ailleurs ; mais, *nunc non erat his locus.* Il n'eſt pas naturel qu'Aliénor, dans ſa ſituation, s'amuſe à débiter des vers galans.

Le fils du Maire arrive, ſon père le ſerre dans ſes bras ; la foibleſſe le force de s'aſſeoir ; il dit à ſon père qui verſa des larmes :

> Vos yeux baignent mon front de larmes d'allégreſſe,
> Que ne puis-je en triomphe expirer dans vos bras,
> Vous montrer ces remparts ſauvés par mon trépas ;
> Donner, en vrai François, à mon heure derniere,
> Mon ſang à ma patrie, & mes pleurs à mon pere !

On ne lit pas ces vers ſans mêler ſes larmes à celles de ces deux hommes généreux. On annonce que les chefs du peuple viennent conſulter le Maire ſur leurs derniers de-voirs. Saint-Pierre les harangue : Vous ne verrez pas, leur dit-il,

les fiers léopards
*A nos lys uſurpés s'unir ſur nos remparts.*

Ce vers peint très-bien l'impossibilité de cette union, par la difficulté qu'on a de le prononcer, diront les Saumaises futurs.

> La seconde moisson vient de dorer nos plaines.

Autre vers déplacé plus fait pour l'Idylle que pour la Tragédie.

> Nous mourrons pour le Roi, pour qui nous vivions tous,
> Choisissez le trépas le plus digne de vous.
> Je vous laisse l'honneur de tracer la carriere,
> Content que ma vertu s'y montre la premiere.

Aliénor harangue aussi les chefs, car elle veut être de toutes les fêtes. Faisons-nous, leur dit-elle, *un bucher de la patrie en cendre*, pensée gigantesque & fausse. Les cendres de la patrie formeront-elle un bucher ? Pour les entraîner dans son sentiment, elle leur fait une peinture des ravages du soldat Anglois, s'il prend la ville ; elle ajoute :

> Ah ! prévenez le crime en cédant au malheur ;
> Que la mort soit du moins l'asile de l'honneur.

Quelle justesse dans cette pensée ! quelle netteté dans l'expression ! quelle piéce, si la plûpart des vers étoient dans le goût de ce dernier ! Elle continue :

> Enfin, qu'au sein des feux qui vont nous dévorer
> . . . . . . . . . .
> Nous puissions dire au moins, que, sans changer de maître,
> Cessant d'être François, Calais a cessé d'être.

La pensée est forte, elle exprime, elle peint, & elle me rappelle deux vers que j'ai lus dans un autre ouvrage qui

porte

port le même titre , je vais les rapporter pour faire voir qu'il n'est pas impossible que deux personnes disent les mêmes choses, lorsqu'elles se trouvent placées dans les mêmes circonstances.

Et qu'on dise  ( *C'est le Comte de Vienne qui parle.* )
Que le dernier François que Calais vit mourir ,
La garda libre encor jusqu'au dernier soupir.

Ces deux vers ne le cédent point aux premiers, à mon avis. Quelle ressemblance frappante ! Saint-Pierre, par une inspiration du Ciel, combat le sentiment d'Aliénor. Il veut qu'on propose à Edouard de lui livrer la Ville , pourvu qu'il consente à laisser partir tous les habitans; Il ajoute :

Eh ! qu'importe à Philippe en ses nobles projets,
De perdre des remparts s'il garde des Sujets ?

Je ne vois pas pourquoi *ces nobles projets*, à moins que ce soit pour rimer à *sujets*. C'est dommage que le vers suivant soit à côté du premier. Partez , Amblétuse , dit le Maire, allez annoncer le traité au Conquérant Anglois.

Nous annonçons au peuple un bonheur qu'il ignore. . . .
Quel présent je vais faire au Maître que j'adore !

On ne pouvoit finir l'Acte par un vers plus noble & plus sublime.

Faisons un retour sur ce premier Acte, & voyons où nous en sommes de l'action. Il est toujours fort douteux si la pièce aura lieu. On est allé proposer un traité à Edouard ; s'il ne l'accepte pas , où en sommes-nous réduits ? A at-

B

tendre qu'Edouard ait pris la Ville, ou qu'elle ſe rende aux conditions qu'il plaira au vainqueur de lui preſcrire. Mais faudra-t-il une ſemaine, un mois, pour que tout cela s'accompliſſe ? Devons-nous reſter au parterre ? ou les quatre derniers Actes, feront-ils remis après la déciſion du ſort de la Ville ? Mais, quelle eſt notre inquiétude ? Oublions-nous que nous avons la parole de l'Auteur pour garant? Si nous ignorons quel ſera le ſuccès de la propoſi-tion, il le ſait pour nous. Soyons tranquilles, mais con-cluons cependant, qu'on pourroit retrancher le premier Acte du reſte de la pièce, ſans déranger l'enſemble.

# ACTE II.

Harcourt vient dans Calais ; je m'imagine qu'il y eſt venu ſous le bon plaiſir de ſon nouveau maître, pour voir ſa chere Aliénor, car il n'a pas plu à l'Auteur de nous motiver ſon arrivée. Il ne ſe connoît plus, il éprouve un tumulte confus dans *ſes ſens ſoulevés*. Quelle expreſſion ! *ſoulevés* ! avec quelle machine ? avec une poulie ? avec un gros cable ? Aliénor à qui il avoit fait dire de la part d'E-douard de venir lui parler *ſur le Théâtre*, arrive ; elle ne voit pas le Comte en face, elle le reconnoît & s'écrie :

.... Ah ! Grand Dieu ? c'eſt Harcourt.... Téméraire !
Qui peut donc m'expoſer à l'horreur de te voir ?

Le repentir en pleurs, l'amour au déſeſpoir.

Obéis à ton Roi : parle-moi de mon pere.

Edouard vous promet de respecter ses jours.

Ah ! je peux donc cesser d'entendre tes discours ;
Adieu.

On ne pouvoit avec plus d'adresse faire dire à Aliénor
un vers qui peignit son caractere patriotique , & l'horreur
que lui inspire un Amant qui a trahi l'amour & la patrie.
Harcourt l'arrête , & lui peint son désespoir & ses re-
mords.

Opprobre de l'amour, fléau de ma maison,
Horreur du nom d'Harcourt dont j'ai flétri la gloire. . . .

Le nom d'Harcourt flétri ! lâche, oses-tu le croire ?
Va , le nom des héros par un traître porté,
N'arrive pas moins pur à l'immortalité.

Je ne m'arrête pas à faire voir combien ces deux vers sont
beaux ; ils ont été universellement applaudis ; mais pourquoi
faut-il qu'ils soient suivis de ces deux-ci,

Leur gloire sur ton front repoussant l'infamie ,
Sert à mieux l'éclairer sans en être obscurcie.

mettons ces deux vers en prose. *Leur gloire repoussant l'infamie sur ton front, sert à mieux éclairer ton infamie , sans être
obscurcie par ton infamie.* Quel galimatias ! pourquoi monter
sur des échasses pour dire une chose très-simple ?

Mauni vient apporter la réponse de son maître, & il
amene avec lui *sur le Théatre* les Bourgeois, pour leur
dire, ce qu'il auroit pu *leur* dire aussi-bien en tout autre

endroit ; mais nous ne l'aurions pas entendu , & c'eſt pour nous qu'il parle ; ce qui , comme on le ſçait, eſt contre toutes les régles , qui veulent qu'un Acteur ne ſe préſente jamais ſur la ſcène , qu'il n'ait une raiſon indiſpenſable d'y venir. Mauni annonce aux Bourgeois les volontés d'E-douard , & ſes volontés ſont qu'il leur permet de partir lorſqu'ils lui auront envoyé ſix Bourgeois qu'il condamne à la mort. Les Bourgeois ne peuvent ſe réſoudre à cette indignité. Un d'eux dit :

> Nous , *placer* ſous le fer les têtes les plus cheres ;
> Un pere , des amis , &c.

Placer ! ne vous ſemble-t-il pas les voir prendre *délicate-ment* , les têtes de leurs freres avec le bout des doigts , & les placer *doucement* ſous le fer ? Ah ! plutôt, tombons , braves amis , *ſous notre Ville en cendre*. Grands mots que tout cela ; & où ſe feront-ils cachés , pendant que la Ville brûloit , pour n'être pas réduits en cendre avec elle. Oui, Mademoiſelle Aliénor l'avoit bien dit , mettons le feu à la Ville , & que la place où fut Calais

> Soit le monument le plus brillant *peut-être*
> Que l'amour des François ait offert à leur Maître.

M. de Belloy n'a pas le ton déciſif il paroît même qu'il eſt un peu ſceptique , car ce qui pour bien des perſonnes, paroîtrait démontré, n'eſt qu'un *peut-être* pour lui. Les Bourgeois veulent ſortir, Harcourt les arrête , & dit, non je ne puis ſouffrir

> Cette *ſublime horreur* où je vous vois courir.

Courir à une horreur fublime ! cela n'eft pas fublime. Je
vais tout tenter fur le cœur d'Edouard, &

> Vous verrez qu'un cruel, artifan de vos maux,
> Peut encore mourir de la mort des héros.   *Il fort.*

Aliénor propofe de faire monter les filles & les femmes
fur la brêche, d'où elles lanceront des flambeaux fur l'ennemi, tandis que les guerriers iront l'attaquer jufques dans
fon camp. Aliénor, avec les meilleures intentions du monde, ne peut parvenir à faire goûter une feule fois fes avis ; le
Maire les combat toujours, mais avec de bonnes raifons.

> Un long âge m'apprit l'emploi de la vertu.
> Sous des cheveux blanchis, la valeur eft tranquille,
> Elle perd quelque éclat, & devient plus utile.

Puifque pour fauver le peuple, il ne faut que fix de nos
Citoyens,

> Je livre le premier .... moi-même.
>             AURELE.
>                       Et votre fils.
>     SAINT-PIERRE.
> Oui, tu dois partager la gloire de ton pere.

Amblétufe imite leur exemple, & Mauni touché de leur
générofité, s'écrie les larmes aux yeux ;

> Dieux ! que ne fuis-je né dans les murs de Calais !
>             ALIENOR.
> Citoyens, jouiffez des pleurs de cet Anglais....

Il faut couvenir qu'on ne pouvoit tirer un meilleur parti
de l'attendriffement & des pleurs de Mauni, & qu'il y a

beaucoup d'adreſſe à les préſenter aux dévoués , comme une récompenſe de la belle action qu'ils viennent de faire. Aliénor entraînée par l'exemple , veut auſſi. . ,...... Mais elle a encore la motification de ſe voir contredite par ce Maire , qui n'avoit pas , ſans doute , fait ſon cours de politeſſe à Paris. Cela n'empêche pas qu'il ne ſoit un fort brave homme ; il remet ſon épée entre les mains de Mauni , comme un gage de ſon dévouement. Autre reſſemblance encore avec la piéce dont j'ai porté plus haut. Mais pour celle-ci , elle fait naître des ſoupçons. Il n'eſt pas croyable que ....... cela ne me regarde pas. Son fils donne la ſienne auſſi , & il eſt imité par d'autres Bourgeois qui ſont prêts à donner la leur quand le Maire les arrête , & leur dit :

> Que vois-je , mes amis ? à ce concours jaloux ,
> Il ſemble qu'en triomphe on vous appelle tous !

Mais le reſte du peuple a des droits légitimes à l'honneur où vous aſpirez. Le ſort décidera qu'elles doivent être les trois victimes qui nous manquent encore.

Mauni dit à Aliénor qu'Edouard lui preſcrit de l'attendre *ſur le Théatre.* Comment peut-il avoir reçu cet ordre ? Edouard ſavoit-il que ſes conditions ſeroient acceptées par les Bourgeois ? Qui lui a encore appris qu'elles l'étoient ? Le beſoin du Poëte ne doit pas ſe montrer ſi à découvert.

Nous avons fait un pas dans l'action : il eſt enfin décidé que nous en verrons la fin. On eſt allé apprendre à Edouard, qu'il aura les ſix victimes qu'il demande. Il peut déſormais entrer dans la Ville quand il voudra ; & nous ne craignons

plus que quelque incident fâcheux ne l'en empêche. L'in-
térêt commence à croître , & l'on fait pour qui s'intéreffer.
Edouard arrive.

## ACTE III.

ELLE eft foumife enfin , cette fuperbe ville. . . .
. . . . . . . . déformais . . . .
Les rives d'Albion *glorieufes , tranquilles ,*
Pour nos fiers ennemis ne feront plus fertiles :
*Les vaiffeaux raviffeurs dans ce port recelés ,*
Ne s'élanceront plus vers nos champs défolés.

*Les vaiffeaux raviffeurs ,* &c. quel vers ! quelle dureté !
*ne s'élanceront plus.* Que cela eft loin du naturel & de la
fimplicité du dialogue! Edouard continue ; il parle de fon
amour pour la France , des droits *prétendus* qu'il a fur ce
Royaume. Il fait le tableau des malheurs que caufe à l'An-
gleterre , la difficulté de tenir dans un jufte équilibre les
droits du Trône & ceux de la liberté du peuple ; & il op-
pofe à ce tableau effrayant , mais naturel , le tableau tou-
chant & pathétique de la France , où les maîtres & les
fujets concourent à fe rendre mutuellement heureux ; les
premiers par leurs bonté , les autres par l'amour & l'o-
béiffance.

Valois trop fortuné ! quel Roi digne du Trône ,
Ne demande au deftin le peuple qu'il te donne ! . . .
Pour te faire adorer tu n'as qu'à le vouloir.

Il faut lire ce morceau pour en fentir toutes les beautés ;

B iv

l'Auteur l'a travaillé avec tout le foin poffible, & l'a peint avec beaucoup de vérité.

Harcourt demande la grace des fix dévoués, le vainqueur la lui refufe. Il eft irrité de ce que les Calaifiens ont abandonné leur Ville avec tant de joie.

> Ils fembloient triompher en fortant de leur ville.
> Un feul tournoit vers elle un regard défolé.
> On lui nomme fon Roi; je le vois confolé

On amene les fix Bourgeois dévoués. Edouard leur reproché qu'ils ont outragé le vainqueur & le Roi des François.

> AURELE.
>
> Vous, leur Roi ?
>
> SAINT-PIERRE *à fon fils.*
>
> Titre vain, fans l'aveu des Sujets.

Ce feul hémiftiche pourroit racheter tous les défauts de la piéce. Je ne me laffe pas de l'admirer. Harcourt demande une feconde fois la grace des dévoués, & il la demande pour l'unique prix de fes fervices, on la lui refufe encore. Edouard ordonne que l'on conduife les Bourgeois dans la prifon, & qu'on faffe venir Aliénor. Pour l'engager dans fes intérêts, il lui promet d'élever fon pere au rang de Connétable, & de faire d'Harcourt Vice-Roi de la France.

> C'eft au Trône, en un mot, que vous pouvez monter:
> Mon eftime vous l'offre, ofez le mériter.

> J'oferai plus, Seigneur .... mais, fans que je l'annonce,
> Puifque vous m'eftimez, vous favez ma réponfe.

> Croyez-moi, confultez un pere ....

Moi, Seigneur,

Je ne l'outrage point. . . . J'ai confulté l'honneur.

J'entends ce fier refus, mais Vienne plus facile. . . .

*Ah*! n'en attendez pas un refus fi tranquille.
Mais fi le poids de l'âge *eût* ébranlé fa foi,
Je pleurerois mon pere, & fervirois mon Roi.

Quelle élévation dans l'ame d'Aliénor! quelle fublimité! quelle nobleffe dans fes réponfes!

Cet excès de hauteur a lieu de me furprendre;
Votre maître au refpect devoit du moins s'attendre.

Vous n'êtes point mon maître, & vous favez nos loix;
Je refpecte Edouard. . . . s'il refpecte Valois.

La condition qu'elle met à fon refpect pour Edouard n'eft pas jufte. Je n'entends pas dire qu'Edouard puiffe ou doive manquer de refpect à valois, mais quand cela feroit, Aliénor fimple particuliere, n'auroit pas le droit d'ufer de repréfailles envers un Roi quel qu'il puiffe être ; pour cette fois elle s'éleve trop.

Quelles loix! ou plutôt quel nom imaginaire
Oppofez-vous aux droits que je tiens de ma mere? . . .
Qui peut d'un droit fi faint me priver déformais?
Quel autre doit regner fur la France?

Un Français.

Après cette réponfe vraie & précife, elle veut faire voir à Edouard qu'elle a été bien élevée,& qu'elle fçait fon hiftoire fur le bout du doigt. Elle explique l'origine & les fondemens de la Monarchie Françoise. De-là, pour montrer qu'elle fçait un peu de tout, même un peu de Jurifprudence, elle parle de la loi Salique ; elle fait voir habilement l'intention & le but de ceux qui ont fait cette Loi. C'eſt, dit-elle,

> De peur que l'hymen qui doit nous engager,
> Ne couronne en nos fils, le fils de l'étranger.

Il faut convenir que M. de Belloy explique très-clairement la loi Salique. Cette matiere n'étoit pas facile à mettre en vers ; mais, étoit-ce d'Aliénor qu'il falloit faire un Jurifconfulte ?

Harcourt vient encore tenter la délivrance des fix malheureux prifonniers : quoi ! dit-il à Edouard,

> La valeur de ce Maire & fes rares vertus....
>         EDOUARD.
> La valeur d'un rebelle eſt un crime de plus.
>         HARCOURT.
> Qu'entends-je ?
>         ALIE'NOR.
>             (A Edouard.)
>     Ton arrêt. Jamais à fon courage
> Je n'aurois pu tracer une leçon plus fage.

Ce qu'Aliénor ajoute à fa réponfe, en fait voir le mérite & la beauté. Toi, dit-elle à Harcourt, n'oublie pas que tu dois fauver nos Citoyens.

> Songe, fi de la mort ton bras ne les délivre,
> Que tu m'as fait ferment de ne leur point furvivre. (Elle fort.)

Pour inviter Edouard à la clémence, Harcourt employe

les repréſentations les plus pathétiques ; il fait valoir les motifs les plus forts , mais toujours envain ; indigné de ſes refus & de ſes reproches , il ajoute :

> Si je n'euſſe vaincu dans les champs de Créci,
> Auriez-vous une grace à refuſer ici ?

Edouard s'emporte contre Harcourt , je ſuis votre maître , dit-il ,

> . . . . . . Et je ſais contraindre au repentir
> Ceux de qui l'inſolence en perd le ſouvenir. (*Il ſort.*)

Après quelques réflexions utiles & vraies ſur les déſagrémens qu'il y a de trahir ſon véritable maître pour aller ſervir chez l'étranger , Harcourt dit qu'il va trouver le le Maire & partager ſon ſort.

> Qu'un ſi beau déſeſpoir éterniſe ma mort ;
> Qu'on diſe , en apprenant cet effort magnanime :
> Il ſeroit mort moins grand , s'il eût vécu ſans crime.

# ACTE IV.

*Le Théâtre repréſente la priſon.*

L'UNITE' de lieu eſt violée , mais ne chicanons pas ; on pardonne volontiers cette licence au Poète , lorſqu'il ne la prend , comme a fait M. de Belloy ; que pour mettre ſous nos yeux des beautés , qu'il n'auroit pu nous montrer , s'il s'étoit rigoureuſement aſſujetti à la régle.

## SAINT-PIERRE

se félicite, se console d'être dans les fers, il remercie la Providence d'avoir permis qu'il fut chargé de chaines.

> Que je te dois d'encens, Souverain de mon être !
> Pour quels brillans destins ta bonté me fit naître !
> Si , dans l'obscurité , tu plaças mon berceau ,
> Les rayons de la gloire entourent mon tombeau ! . . .

### AURELE.

> Ah ! que , né d'un tel pere, un fils s'en applaudit !
> Mon ame entre vos bras s'enflâme & s'agrandit.
> Voilà comme aux vertus , guidant mes pas dociles,
> Vous saviez m'applanir leurs sentiers difficiles :
> J'ai vu leur front sévere avec vous s'embellir :
> Vous prêtiez au devoir les charmes du plaisir.

Que tous ces vers sont beaux ! combien ils m'élevent, & m'agrandissent l'ame ainsi qu'au jeune Aurele ! que j'aime sur-tout le dernier vers ! il me touche , il m'attendrit ; *prêter aux devoirs les charmes du plaisir*. Peres & meres, le beau précepte pour vous ! ne l'oubliez jamais.

Mauni vient apporter aux prisonniers le tribut des eloges & de l'admiration des Chevaliers Anglois. Il approuve leur amour pour leurs loix & pour leur patrie ; & par une suite naturelle , il s'indigne contre les cosmopolites ; il les peint avec les couleurs les plus capables de les faire mépriser autant qu'ils le méritent. Je ne puis me refuser au plaisir de mettre ce portrait sous les yeux du Lecteur.

> Je hais ces cœurs glacés & morts pour leur pays ,
> Qui, voyant ses malheurs dans une paix profonde,
> S'honorent du grand nom de citoyen du monde ;

Feignent, dans tout climat, d'aimer l'humanité
Pour ne la point fervir dans leur propre cité :
Fils ingrats, vils fardeaux du fein qui les fit naître,
Et dignes du néant par l'oubli de leur être.

Nous avons peu de Tableaux mieux achevés. Avec quel trait M. de Belloy peint un vainqueur magnanime, le fils d'Edouard :

. . . . . . . homme après la victoire,
Les vaincus confolés lui pardonnent fa gloire.

Si M. de Belloy continue fur ce ton, nous n'avons pas perdu Corneille. Mais j'ofe lui rappeller, une vérité qu'il n'ignore pas ; c'eft que du fublime à l'enflure le pas eft gliffant. Auffi y eft-il tombé dans les vers fuivans :

N'a-t-il pas vu vingt fois d'un œil tranquille & fier,
Tomber des légions fous la flâme & le fer,
Des débris & des morts couvrir les mers fanglantes,
Enfin des nations pour lui feul expirantes ?

Il a vu. . . . . . . *des débris & des morts couvrir* des *mers fanglantes ?* Quel défordre ! quel gigantefque dans toutes les expreffions ! Mauni indigné de la réfiftance de fon maître, va tout entreprendre pour le fléchir ; Aliénor ne compte pas fur la démarche de cet Anglois généreux : Edouard eft inflexible, dit-elle, mon pere feul, pour vous

Me peut faire entrevoir
La *tremblante* lueur d'un *foible* & doux efpoir.

Il va fe rendre près du Roi, vous le connoiffez, il nous aime ;

> Oui, dût-il pour vous feuls céder une province ;
> Des Sujets tels que vous valent le plus grand Prince.

penfée fauffe & louche dans l'expreffion. Quoi ? parce que Valois fe réfoudra peut-être à céder une Province, s'enfuivra-t-il que les fix dévoués valent le plus grand Prince ? Prenez l'inverfe, & la penfée eft claire ; mais fera-t-elle jufte ? *valent. le plus grand Prince.* Veut-on dire plus grand par la taille, par le rang, ou par le mérite ? Si c'eft par le mérite, quelle fauffeté dans la penfée ! On ne dit rien lorfqu'on veut trop dire.

Saint-Pierre veut mourir, parce que fa mort fera utile à l'Etat. Il retrace les défordres de la guerre préfente & la fituation malheureufe où fe trouve la France.

> Vous voyez cette guerre, en difgraces *féconde,*
> De nos *débris fameux couvrir la terre & l'onde.*

Pour rimer avec *féconde. Tu dors ! Boileau ! tu dors !* encore *des débris fameux qui courrent.* Les François découragés par tant de pertes, ont penfé que le fiècle *eft déchu.* Mais fi quelque Héros ranime leur courage, vous les verrez

> Indignés d'avoir pu défefpérer d'eux-*mêmes.*

qui riment avec *extrême.* Tant de courage, tant d'héroïfme étonne la raifon d'Aliénor.

> Ils font prefque approuver à mon ame ravie,
> Et defirer pour eux ce trépas que j'envie.

Je prie le Lecteur de ne pas oublier ces deux vers, ils nous ferviront à prouver à M. de Belloy, qu'il n'a pas fait une Tragédie.

Un Officier Anglois vient dans la prifon ; on lui demande ce qu'il y vient faire ; il dit *pour fon excufe*, qu'il attend *l'ordre terrible*, qu'il pouvoit auffi bien attendre ailleurs : mais on n'en eft pas la duppe, on fçait bien qu'il vient pour faire peur à Mademoifelle Aliénor, qui ne doit pas fe trouver dans la prifon, lorfque Harcourt y viendra : il ne l'a pas plutôt vu fortir qu'il arrive. Il ordonne aux gardes de le laiffer, & s'adreffant à Saint-Pierre, il lui dit qu'il apporte la grace de fon fils. Saint-Pierre, étonné, lui demande fi quelqu'autre s'offre au fupplice pour lui ?

Sans doute un autre y court avec plus de juftice. . . .

Lui dit Harcourt, comme fans le vouloir. Se reprenant enfuite à Aurele,

Partez, l'échange eft fait, marchez au camp François.

Aurele refufe de partir ; il ne veut pas abandonner fon pere. Harcourt le lui commande au nom d'Edouard. Aurele veut fçavoir quel eft celui qui fe dévoue à fa place.

SAINT-PIERRE.

Eh ! le méconnois-tu ? . . . .

C'eft Harcourt.

HARCOURT.

Moi ?

SAINT-PIERRE.

Vous-même. Oui, je lis dans votre âme ;

J'y furprends un projet que j'admire & je blâme.

Harcourt avoue le projet qu'il a formé de fauver Auréle
& de mourir à fa place. Il emploie les motifs les plus
forts, les raifons les plus preffantes auprès du Maire & de
fon fils pour les forcer de confentir à cet échange. L'élo-
quence vive & rapide de ce morceau, le feu, la vérité de
l'admirable Acteur qui le rend ; le combat de générofité
de nobleffe, de grandeur d'ame qui fe paffe entre les trois
Acteurs, donnent à cette fcène un pathétique fublime,
qui étonne, qui enleve le fpectateur, & lui arrache des
larmes de joie & d'admiration. L'Officier, moins étourdi
cette fois, au lieu d'attendre l'ordre dans la prifon, a pris
le parti de l'aller chercher, & il l'apporte. Harcourt défef-
péré de n'avoir pas obtenu fa demande, dit à Saint-Pierre
& à fon fils,

> Vous triomphez, cruels ! . . . . . .
> Mais, avant votre mort, venez voir mon trépas.  (*Il fort.*)
> S A I N T - P I E R R E *à fon fils.*
> Viens mourir dans mes bras.

Ils vont mourir & tout eft fini. Plufieurs de mes voifins
alloient fortir, lorfque je leur fis obferver qu'il nous reve-
noit un Acte. Qui ne diroit pas en effet, que la piéce eft
finie ? Edouard envoie chercher les Prifonniers pour les
faire conduire à la mort ; rien n'empêche que l'ordre foit
exécuté ; rien ne fait attendre un cinquiéme Acte. Il eft
vrai que quatre fcènes plus haut, Mauni a promis qu'il
n'oublieroit rien pour fléchir Edouard ; mais le fpectateur
ne compte pas fur cette promeffe ; il en a déja vu tant qui
ont été infructueufes ; d'ailleurs, il a oublié la démarche
qu'alloit

qu'alloit faire Mauni, quatre scènes lui en ont fait perdre
l'idée. Autre défaut dans la contexture du plan.

# A C T E  V.

Edouard, d'après le conseil que Mauni lui a donné,
veut essayer de séduire le Maire, il le fait venir; mais il
résiste à ses séductons & à ses promesses, Edouard cour-
roucé, lui dit :

> Eh bien ! cours au trépas . . . .
> Que le *coupable* sang de ton fils *expire*
> Repaisse avant la mort ton œil dénaturé
> Toi seul es son berceau; ses derniers cris *peut-être* ~~Rousseau~~
> Dans le fond de ton cœur me vengeront d'un traître.

Encore *peut-être*. Quelle modestie !

> SAINT-PIERRE.
> O mon fils ! quel moment pour ce cœur paternel ! . . .
> Mais . . . . tu souffrirois plus à me voir criminel.

Ce vers peint bien un cœur patriote, mais il n'est pas
amené avec assez d'adresse. Je voudrois que la nature eût
ses droits ; que l'amour paternel parlât plus long-tems au
cœur de ce Maire, l'effort qu'il feroit en le surmontant
n'en feroit que plus sublime ; & en général M. de Belloy
n'a pas assez contrasté ses tableaux. Ses Héros sont patriotes, & il semble qu'ils ne soient que cela ; on diroit qu'ils
n'ont dans l'ame d'autre affection que l'amour de la patrie.

C

& cet amour leur eft fi naturel, paroît leur coûter fi peu, qu'on ne leur en tient prefque pas compte.

On emmene Saint-Pierre. Un Héraut-d'armes vient de la part de Valois propofer un cartel à Edouard. Petit moyen, reffource puérile, qui ne fert qu'à retarder le dénouement qui devroit tendre à fa fin avec plus de rapidité. Le cartel n'a pas lieu, le Comte de Melun vient le défavouet de la part de la Nation. Hors-d'œuvre, que l'on pourroit ôter de l'action fans qu'elle en fût moins *une*.

### EDOUARD
irrité de ce que la piéce ne fe terminera pas par un combat entre lui & Valois.

*O colere enflâmée.*

En eft-il de tranquille ?

> Ingrate nation, . . . .
> Qui n'a pu te foumettre, *ofera* te détruire.

*Il ofera ?* Bel effort que d'ofer !

> Si je ne puis regner dans les murs de Paris,
> Tremble, je regnerai fur leurs *fanglans débris.*

On ne fçait où l'Auteur prend tant de fang, pour en couvrir *tant de débris*, & *tant de mers fanglantes.*

> *On verra, fous les coups d'un vainqueur & d'un maître,*
> *Dans la flâme & le fang vos cités difparoître.*

Quel déluge de fang !

> Que de la Loire au Rhin, des Alpes aux deux mers.

Edouard fçait la Géographie, il vient de circonfcrire & de renfermer dans un feul vers les limites de la France : voyons ce qu'il veut faire dans cette vafte enceinte. Il veut. . . . . Oh ! je n'ofe le dire. Il veut. . . . . que

*Des nuages de cendres obfcurciffent les airs.*

C'eft un homme dangereux , que cet Edouard ! mais , il faut croire qu'il exagere , & qu'au fond il eft bonne ame ; bientôt on en verra la preuve. Cependant comme il eft dans une *colere enflâmée* , il veut abfolument qu'on faffe mourir fes fix victimes ; mais Harcourt les a fouftraites à fa rage.

Elles font maintenant près du camp de mon Roi , lui dit-il.

### ALIENOR *à part.*
Il eft digne de moi.

Avec combien de vérité Mademoifelle Clairon dit ces mots !

### EDOUARD.

Quoi ! ces François fi fiers , pour fuir la mort , s'abaiffent à ce lâche artifice ?

### HARCOURT.

Non, je les ai trompés, j'ai feint que vous aviez accepté leur rançon ; je les ai fait partir ; & je viens vous donner ma vie pour eux.

Raffemblez fur moi feul leurs fupplices affreux.
### EDOUARD.
Tu les a mérités.
### HARCOURT.
Ce n'eft pas quand mon zèle
Vient de vous épargner une honte éternelle ;
Mais lorfque trahiffant mon Prince & mon pays ,
J'ai porté la victoire à leurs fiers ennemis.

Il est beau de commettre des fautes, quand on les répare ainsi. Il abjure le serment qu'il a fait à Edouard.

**EDOUARD.**

Traître, qui m'as promis comme au Roi légitime.....

**ALIENOR.**

Le parjure est vertu quand on *promit* le crime.

On ne se parjure pas quand on n'a donné qu'une promesse. Le vers suivant qui, je crois, est de Crébillon, est beaucoup plus exact.

Le parjure est vertu quand le serment est crime.

Les dévoués se sont apperçus qu'on les avoit trompés, ils viennent se remettre entre les mains d'Edouard ; il ne manquoit plus que ce trait pour achever le caractere de ces six honnêtes Bourgeois.

**SAINT-PIERRE** *à Harcourt.*

J'ai sçu votre artifice ;

*(A Edouard.)*

Et vous voyez, Seigneur, si j'en suis le complice.

Reprenez vos victimes, &,

Sur mon pays quels que soient vos projets,
Vous connoissez enfin le Maître & ses Sujets.

Aurele se jette aux pieds du Roi pour lui demander

De mourir le premier.... loin des yeux de son pere.

Il lui rappelle pour l'attendrir la mort cruelle qu'éprouva le sien. Ah !

Si tombant aux genoux de son juge inflexible,
Vous eussiez vu ce tigre à vos pleurs insensible,

Le frapper, vous couvrir de son sang paternel. : : :
Vous fûtes malheureux, & vous êtes cruel !

Edouard, à ces mots dit, que la nature parle, murmure
dans son cœur.

### A L I E N O R.

Ah ! Seigneur, gardez-vous d'en étouffer la voix ;
Le monde est trop heureux quand elle parle aux Rois.

Il est permis de dire la vérité, mais encore faut-il la dire
à propos, & ne pas insulter ceux qu'on se propose de fléchir ; mais j'ai dit qu'Edouard étoit un bon-homme, en
voici une forte preuve : il pardonne aux Bourgeois, dé-
gage Harcourt du serment qu'il lui avoit prêté.

M. de Belloy veut que son dénouement soit heureux ;
je prétends qu'il n'est que recherché. Je ne veux pas dire
que le ressort de la Nature soit un petit moyen, au con-
traire, mais encore faut il le faire jouer à propos ce ref-
fort ; & qui se feroit attendu que pour dénouer son intri-
gue, M. de Belloy s'en feroit servi ? Est-ce-là ce qu'on
appelle un dénouement tiré *ex visceribus causâ*, du fond
du sujet ? N'étoit-il pas plus vraisemblable de croire, qu'E-
douard, vaincu enfin par la grandeur d'ame de ses victimes,
leur pardonneroit ? Et c'étoit-là en effet ce qu'attendoit
le spectateur. Mais *ce ressort est usé* : pourquoi ? il n'a pas produit l'effet qu'on en attendoit : s'enfuit-il qu'il ne le pro-
duira pas enfin ? Le retour inespéré des six Bourgeois est
un coup de foudre, auquel le cœur le plus insensible ne
peut résister. Voyez l'effet qu'auroit produit un dénouement de cette espèce. Il auroit agréablement étonné le

spectateur, la catastrophe en auroit été plus vive, plus rapide ; au lieu qu'elle languit, & nous laisse dans un doute inquiet.

Concluons donc que M. de Belloy n'a pas fait une Tragédie. Sa piéce sera, si on veut, un Poëme dramatique dans lequel il a rassemblé de belles maximes généralisées, qui toutes ensembles ne vaudront pas un sentiment. Peu de liaison dans le plan, beaucoup d'invraisemblances dans le cours de l'action ; des scènes inutiles & mal amenées ; des Héros grands, mais souvent gigantesques, & qui s'élevent si haut qu'on les perd quelquefois de vue ; trop d'uniformité dans ses tableaux, point de constraste qui serve à mieux en faire sortir les beautés ; une versification presque toujours sans douceur, sans harmonie : des phrases obscures, dont il faut chercher le sens qu'on ne trouve pas toujours. M. de Belloy veut que ses caracteres soient tragiques : voyons quel sentiment il excitent. L'admiration, & toujours l'admiration, le plus sublime à la vérité, mais le moins durable & le moins profond de tous les sentimens. La crainte, la terreur & la pitié, ces trois grands ressorts du pathétique, ne font qu'effleurer le cœur dans la piéce de M. de Belloy. La crainte produit la terreur, & la terreur la pitié. La vie d'un Héros est en danger, il craint de la perdre, parce qu'il lui faudra quitter un objet qui lui est cher, une épouse, un pere, un ami. Sa crainte passe dans notre cœur, nous nous intéressons à lui, nous prenons part à ses malheurs, son ame s'identifie, pour ainsi dire, avec la nôtre. Mais, ici, pour qui s'intéreffera-t-on ? Pour des Héros qui fe dévouent volontairement à la mort ? qui fe félicitent, qui s'applaudiffent des cruautés de leur ennemi ? Non ; *volenti non fit injuria* Nous rougirions de plaindre leur fort, il eft fi beau ! qui ne voudroit pas le partager ? Ne concluons pas cependant que M. de Belloy foit fans talens : il en a beaucoup, il ne lui refte qu'à en tirer un meilleur parti ; il a de l'élévation dans le génie, de la force, de la profondeur dans les penfées ; il lui manque plus de grace, plus d'aménité dans l'efprit ; plus d'aifance, de clarté dans l'expreffion : enfin, plus de correction dans fes plans, pour en faire un excellent Poète tragique, & digne, à tous égards, des éloges dont le Public *l'accable.*

# F I N.

.